ミュート・ディスタンス

ミュート・ディスタンス

川津望

表紙写真／飯嶋康二

もくじ

第三章

第一章

金星

器官　跳ね、刎ね
コンドームのなかのシンバル
ぐちょぐちょした
イルミネーション
逆再生された

元素は水平に風に乗り
たがいに並行して借景となる

ネットワークの封をきると来る
こう、こうとひろげるとインクはしみて
系統樹から要塞が建つ
分かれ目に住みわたしたちは交接する
彼方で爆発する彩雲

せいしせいさんしろ
太腿から発汗する
意識よりも狭い場所へ押し込められる酩酊
脳で逸脱はくもることなく
鏡という鏡
癒えない名を

口腔へ集めると
もう呼べないマボロシ
蝿というげんしょーを潰す痛みは
安否確認を急いだって
細胞の下には埋まらない
蓄えられた会議にかけられて
何度目かの誕生する自由は棄却される
それでもあの子は常にあの子に似て
必敗ニモマケズ
子宮に不在者投票するんだ
いちど抜かれたきずぐちからすーすーする
力ってどんなにがんばってもはいらないとこには　はいんない

だから飛べない

感情に似た肉片まで同じ数だ
シンカ　苦味と酸味が入りまじる
種はみている
守るものが熟して
時間に洗われてゆくのを

担うものにとって
ひとつの障りとなるかなしさ
無心の冥界では
女神さえ分節化される

わけると生まれついたからには
血であれ逸楽であれ
バラ窓を通るのだ
幼子はことばに晩年をさぐる
注ぐひかりに見守られて
「なぁい！　」をくりかえす

内面が壁なのですとじたりひらいたりそこでわたしは呟くでしょうか
泣いて許しを乞うでしょうかいいえ何もただ背を向ければあまりの重
さで押し潰されそうになるだけ

汗をかいたまま

電飾のまたたく道でオートバイに乗る
帰り　振動が伝わると
鐙に足を入れて
手綱で馬の首をゆっくりと引き寄せた
ギンネムに覆われた砲台が寝静まる夜明けまえ
そのときはあなたが涙をこらえた
たしかに何百年も前の
経験にある翳りの地質と向き合うのだ
地層には輝きも流れるが
さわれば手が鮮血に染まるので
モールドからモールドへ
諸刃の影をはしらせてゆく

岸

君が向こう岸でたじろいでいる
笹舟はたそがれに閉じこめられ
昨日の水際に置き去られたままだ
ゴミ収集車が奇妙に生き生きと街をまわり
かんがいやシソーを消費期限ぎれとする
残飯と見なされた夕暮れも
回転板に掻きあげられた

押し込められる一艘一艘の逝く
あの闇の草いきれで
共有された息の消息

君はもう
ぼくに待っていてと告げない
待たせている現在がなくなったから
生活は分断された
よく遊んだ川に
青いビニールシートがかけられた晩
ぼくは月がきれいだね、と
たずねなくなった　もはや

フルムーンの甘美さは呼びかけられないだろう
欲せられたのはぼくを貫くシステムでしかない
運搬される掌
かつて灯に寄せて
ひらいていった
指先に指先が乗り互いの敷居をなぞって
名指し得ない感情のへりを辿ってはいけない
それは屹立する法に穴を穿つ鑿だから
鉄は鉄とて熱いうちに打つことで
名のない涯となるのを恐れて
断崖にも花は降る
それは違反か

抱擁で僅かにぬくみ
指紋しか残らない君の身体と
ぼくの身体の間にフェンスが設置される
それを希望というか

あけがた　器官よりもごつごつした水流が
君を取り巻いている
笑っている
スカートはめくれあがり
泥だらけのショーツが足首までおろされている
さみしいから
あたし何でもよかったの

あたしが楽しければいいって皆はおしえてくれた
彼らが安心して裸にする
君は笑っている

臨終

スピーカーから分泌される音と共に
木洩れ日をとじ込めた遺体が
わたくしたちの家から運び出される
父が命じるまでもなく
春に星の腐臭はただよう

「ひとりでこっそりお日さまを飲むの」

父は知っているだろうか
担架にかけられた布
垂れさがる片腕と同じドアから
わたくしたちが出かけること
墓に出這入りすればするほど
父は帰って来る
裏庭の草を定期的に刈りとるために
腹違いであっても
わたくしたちは息絶えつつ遊ぶ
父よ　わたくしたちがうまれるまで
決して口をひらかないように

眩暈は軌道をめぐりはじめる

聴こえない皮膚を聴くために
深夜　落とされるレコードの針がある
裏がえされた家屋は下へ　下へ
父の指をいざなう
使い込まれたクッションに
金のタッセルはほつれる
大腿がひらかれ
夥しいぬめりの巣くう墓所で
父は熱心に音盤を探す
磔にされたまま痙攣した末に

失神する植え込みを
つづけざまに突っつくわたくしたちは
掘りかえされた目覚めへどっと押し寄せる
陽は臨終まで雲を染め
棺にそなえつけられた管や
鐘もあたためた
ＬＰに刻まれた律動は
はじまりもおわりもない
天体の回転にそって
少しずつ傷つけられる音楽

Ｂ面に差しかかると

あたらしい建築が建つ
町の屋敷それぞれが
どのようなつくりであっても
そこに父を感じる
わたくしたちを呼ぶのは
どうしようもなく生き埋めにされた声なのだから
まくっていた袖をもとに戻した父に
わたくしたちは　分け隔てなく
嗅いでもらうのだ
ほぐれて濡れた墓穴から
ヌッとのぼる太陽が
たちまち父の眼球を充血させる

墓場はわたくしたちの限界でなく
生かす濡れ縁

父が剃刀を水にさらす
叢は安置所そのもの
羊のように集められて
横たわる　レコード盤の
わたくしたちの

ぼくの伝達がユニバーサルデザインとなるとき

ぼくの伝達がユニバーサルデザインとなるとき
使い勝手のよい無関心を
生ハムのサラダにかける
深夜のジョナサン
席の向かい側に両足を投げ出したまま
汚名は透けて

人間でいることの氷点
仕組まれた溝にたまって
澱となってゆくことについて
語りあかした
窓際　車のライトがふくらむ一瞬
お済みでしょうか
掌でコーヒーカップをかばいながら
守ってきた空っぽへ同胞を抱え
そのあたたかさは汚れていると
感じあった

うつくしさにはうつくしさを

すごい眼でわらうね
そーいう感情をいじめてないですか
街で群れをなす
かわいいあのこのかわりはいくらでもいて
なにか食べさせたぃが
からあげという前提も悪意も
同じレシート回収ボックスに捨てられるんだ

聖なる芥たちの行進はつづくよ
朝日の表情なき時間　やあ
ありきたりな挨拶が殺意にかわって
色分けされた皮膚で共有する傷あと

埋め立てても
すぐうしろまで追ってくる
また　いつの間にかたっていて
ふえるだけふえる

突っ伏していた頭をあげると
モーニングメニューにきりかわる
こーたいこそるてん
なしくずしの入射角を保有し
業や像が集まって
水晶体はくりかえされるセカイ観で染まる
おとした踵をとじ

失うもの無く整列する
歯が負う重さ
咀嚼する孤独からも疎外されて
食べきれない皿の上
残された全体から観察すれば
生活は
圧倒的に人質の顔をしている

第二章

傾倒灯

傾倒灯を消してきたんです
暗がりでうねる襞という襞から
露出する水の音
欲望なんですねえ
うのーとさのーのいびつさ
池袋駅北口
ＰＲＯＮＴＯでは忘れ物のないように

階段をのぼるそばから
ひそめられた息遣いは感染する

高熱を唇でうばいあい
酒臭くラアラア歌って
ふっと虫みたいに絶句した
同じボディソープを塗りたくる肉体
げんじつにもゆめにも
あったものしか付着していないのだから

脈がとぶ
調節のきかないシャワーより遅れて

接近する失語の虫食いに慣れ始める頃
思い出すのは真夜中
バスのロータリーで
長い手をくねらせてあのこが踊ったこと
月はブルーだった
……だから乞わなきゃいけない
もっと内側まで洗ってほしいと

これなに
（えふでぃーわん）
答えるかわりに
痩せ犬同然無理して時間をうんだ

論理に飲まれて話すよりも
手触りだけの浴室
収縮するそんざいの
聴こえ方まで演じてしまう媚態
「昨日は今日より地獄に近いんだ」
すき
ありがとう
ようやく発せられた声もかすれて
まだ汗が引かないのね
筋の張った首筋に絡みつける
傾倒灯をひっぱる手つき

嘘だよ
逢わない半年で消せないものが増えた
即死したあのこに似て
混濁と血流
どちらを引き寄せるにしろ
とろりと辺縁を覆うゲンショーの名が
一段と濃くなる
感覚 それが何かの途上であったこと
そのまま　いつまでも黙っている
告げられたことばをくりかえす
ホルター心電図の裏
皮膚になれなかった色素が沈着する

記憶喪失

往来する物体の骨かくが惑星からはずされる不意にはずされる副都心
線が各停になると先祖がえりした文字をわたしは読めない吐きだす酸
素へ軌道がうららかに濁り外語学院の枕詞はぬばたまより星をひとす
じずつ連れてくるのにくちびるは時空を三次元マスクでさえぎるオー
ヴァーコートが傾きながらエスカレーターをあがる記号も時折ふりむ
く身体に集めても吸うことのできないわたしを作ったはずの時間なめ
くじだから笑えばいいもう渋谷で涙を待つことはないから溶けないで

左脳から出てこられない展示品のように知るも知らぬももう動くこと
をやめてしまった

経験は鏡を頭蓋の奥に吊るすから
反射光はいくつもの街になる
(どこに住めばいいかのう

きらめく塵の伝承
誕生月を前に
ご不明な点があふれたまま過ごす
(意識にフロントなんてない

勝手にわたしを飛ばしてくれる
あの日

（眼に不時着しちゃった
（わたしは高いところでは泣かない
耳にしみいるほど歩いて
なってみたものの岩には溝しかない

矛盾するものはねじれて繋がる出会わせてしまったからにはえらんでいる書体のなかで成分になりきれない層もフィドルで踊ろうじっとしていられず呼びかけるのが可能なのは覚えていることが前提だけれど事実ばかり等々力渓谷では水中へ首をまるめ胸もとを毛づくろいする日々それでも水分をふりきる脚の使い方がつかめず側頭葉に閉じこめられて百年は経ち羽をひろげたら撮影してくれた人人人にまぎれて運動は習得され急階段をのぼる指で編みこむ髪の分け目のぶんだけ別れ

なければならない道を竹や削られてむきだしの木々の根が突拍子のな
い音として響かせる記憶のせいにできるほど今を持っていないだから
松脂の粉が建てた寺ここかしこに花は咲いて

流れるものは見当たらないが
　　欄干から身をのりだす
（もういない月の王様
　　　うしろから力づくで
（日も息も短くなった
　　　　きゅうりの浅漬けのように揉みしだかれ
とっさに叫んだ王様の名まえ
　　　　（お手を触れないでください

抵抗したことも
一週間で破棄された婚約も
オートロックなのではいれない
　かつて川が蛇行していた付近で
　　タクシーに乗った
　わたしは貨幣で星座にされたっぽい

頭をあげると疲労しているらしく十五時三十一分ようやくある程度とらえたことを書きとることが出来そうなので記録する視覚や聴覚でひろった情報をことばと一致させることや参考として複数のイメージを脳裏にめぐらせ現実と同期させることが困難だが生活しなければいけないとりあえずドトールで洋菓子を注文することにするモンブランと

表記された奥にその食べ物はあり食欲が湧くモンブランとインターネ
ットで検索をかけるとモンブランの形状と材質が画像として無数に表
示されるそれらの特徴がガラスケースに陳列されるものと酷似してい
たのでその立体をモンブランだと仮定しカウンターの向こうで直立す
る人間にひとつ頂きたいと伝えたいろいろ判断を要求することを伝達
されたがあとは三十一年間で学習してきたとおぼしき行動で対処する
のみなんとか金銭の交換を経て座席に座ることができたこれから胃に
モンブランを入れるなかなか落ち着かないが友人の顔が浮かんだ確か
写真を撮ってくれたとなりで酔っ払いながら楽器を弾くのもその人だ
ってわたしのうなじに押しあてられた笑い声がそっくりだから

しかしここは本当にドトールなのだろうか

オーロラ

白くなる呼吸をりらいと
たくさんの信号を待ちすぎて
もう渡れない横断歩道
賛同できる部分ばかりくりかえし
シュプレヒコールの中で
拡散された情報は
いつも犠牲になる物語をはらむ

なかったことにしてくれ
端数としての名
風林会館　ビリヤードレッスンの帰り
職務質問から解放されて
新宿駅　バスターミナルでしゃがみこんだ
あのこの身体は他人のにおいがする
片方はずしたイヤフォン
またネットでつかまえられるかな
知らなければ
脱げるものがあって
固執がなければ負債を負わずに

ベッドの中でも査定はできるでしょ

敷かれたものへ体温を移して
今が最低だという自尊心は
余白だらけの嫌悪に変わる
閉じたまならうら
汗ばむうなじをつかむと
行き場もなくはりつめていたものが
ふっと溶け出して水位はあがる
なみなみと哀愁がそそがれ
雪崩れる乾杯の声
「同じ顔のみ集まるのではつまらない」

「場だけがあって人は流れるものでなくては」
賑わいの焦点はさだまらず
睡魔を紛らわすために
新たにふかす煙草
偲んでいたのだろうか
名指しえないものの延命として
ぼろぼろの記憶を共有する
ただひとりになってまで
決定的にうしなったまなざしを追って
いなくなることもできた
加速する怒りは流星じみて
むかってゆく場所でオーロラを掲げる

見あげて　隔膜がけいれんする
頭上を覆う歌声とともに
脳の密度はざわめく
「親愛なる、親愛なる……」

音漏れする朝
エスプレッソの香りもわからないまま
カフェラヴォアで
腕にとまった蠅をふりはらう
手をふられたと
結露したコップにふるえる握力
爪の垢まで領土だから

冬空が
汚水から降りてくる

第三章

底

木のゆかで放心する
天気予報では雨だったが
このひとに問われることを
労働として

鼓膜より先へゆくには
なにか口にしないといけない

日に焼けないために
モッズコートを着こみ
つばの広い帽子を目深にかむる
舌さきで確かめる歯肉は
海抜ゼロメートルのたいらかな歩道だ
健康でいることが一方向を向いている
歯ブラシのいそぐ歯の前やうしろ
裏へ息がまざり
白く中心のない建築からはずれた場所は
いつしか病気にされてしまう
前提にできない火花であることが
ひとを饒舌にさせる

たとえば雪がなぜ
アイスクリームと同じくらい汚れているか
遮ってきた糧のよそよそしさ
「虎が鹿を喰らう」
「かわいそうなものは食べないから」

言いきらないうちに
文字のひとつひとつ
その来歴が立ちあがる
夕べ　酔ったまま立ち小便をした
雑草のはびこる金網へ
昼には隣の部屋の子がバラ色のシャボン玉をふく

——ピアノの先生になりたかったけれど、一度もおしえたことはないよ
——きみのちいさなころの写真をみた。高校生くらいまでの。笑って、
ふつうの、お嬢さんで、ふつうに、

思い思いにはりつきふいに
理由のない顔の持てることが虹色にはじける
あがった玄関に
雨傘が数本くつ箱のへりにかけられて
片腕が二本
うち一本多く濡れた日の

世界中の水分がそこにしか残されていない
うしなったものを片側で処理している
片側が両側の役目を果たしている
戸外のコンビニ　ビジネス街
スーパーのチラシ
それらがわたしの一方を占めていた

――ひとにはもっと底があって、哀しみや怒り、叙情では片づけられないものが、再生をともなわずに咲いている。

以後という鋳型にかたどられる前に
こらえるものが盥に溜まる

目じりの皺やたなそこへ
水道のくせに一滴一滴
いつまでも落ちて

るゆら　まびゅえな

I

るゆら　まびゅえな　たひらよて　ぃあ
えれ　攫い　きりゅを
やあ　攫い
きりゅう　仕事中は　ゔぇを

ずはーにか　さあ　ぁらぃ
つぁらい　まる　さ
今度友人を連れてくる　ずぃん　ぱ
さらき　あらかじめ他者を傷つけたぃと思う人間はぃなぃと思うのです
それはシンプルな快楽ではなぃから　ただ　人間は環境がふさわしくな
いかぎり壊れやすぃですね

まびゅえな　たひらよてぃ　行為の理由づけ　あ
もっと立派なひとたちにすくってもらってください
るゆら　つぁらい　つぁら　いさあらぃ
ずはーに　か　か　かか　表現に寄り添っていた混沌が　夢ではさまざ
まなかたちで接木されて　未完成な言語として立ち現れます　その言語

は話せる時と話されない時があって
おはよう！　今は職場です　昨日は疲労して早く寝ました　「幼すぎて本当にごめんなさい」っていう周囲の人たちへの申し訳なさの自覚といまだに大人になりきれない自己中心性の葛藤が君の不安定さの本質だと思う　程度問題ですが　自分を客観視できるよう努力することが君の課題だと思う　ぼくは面倒くさい人間関係はあまり考えないようにしています　君には相手のことを考えているようでいて　結局は自分のことしか考えていない傾向がつよいです　どうしたら相手に心配してもらえるか　注意を惹けるか　とかね　ぼくは今は体力的にも精神的にも余力が無いので　安定していてください　きりゅを　ゔぇお　痴漢の件も　男である自分には　そのとき身動きできなかった君の恐怖が理解できない

から　ほんとうにそんなことがあるとは知りませんでした　信じられない気持ち　相手が逮捕されるようにしなければいけない　君に返事書いている余裕は正直言ってありません　やらなければいけないことも一杯あるし　その後は休養しないとやっていけない　ぼくは面倒を見る必要のある家族がいるので自由ではないのです　空約束ならしないほうがいいかも知れない　ぼくはそんなふじゆ　うな　じ　かんをこ　うさくして　じぶん　のこ

とをや　っていま　すお　おく　のおと　なは　そ　うで　す　よ　じぶ　ん　のこ　とばかりし　んぱ　いし　ていら　れ　るき　みは　しあわせなひとととととと　あ　るいはそれ　ゆえにふ　しあわせなひとととと　と　るい　ずぃん　ぱ

のでぃっにた

るい
のでぃるっが
奥の奥まで突かせてくれ　君のなかで射精したい
なんとかしてほしい

ぱ

黄昏を負って

II

溶けてゆく
溶けてゆく　取手　等々力　池袋東口

安達太良山　ほんとうの空
白色光になりきれないで
静物の均衡は樹齢を重ね
マツの脇　たしかに川が海へ流れていた
湯島のホテルで絡みつきたい瞬間にも
アイナメを蝕み
血と酷似するしおからさがテレビからあふれた
一度あがったものは消せない
名まえも汚名も
訴えても
耳に三時間と残らない音楽が
規定してゆく器

そこへしずまる深さに
体温があったと
たしかに呻いていた
まだあたたかい
まだあたたかい　バーミヤンのお茶　涙　新聞紙の上のピクニック
七月下旬　只見川
雨が降ればたちまち測りまちがい
子どもらの野球のグローブを
足で見つけては掻きあつめた
いまはもういないひとの手癖と共に
ボールを投げた
耕し得ないものの爪痕の残る家屋に

流木のような畳のすきま
数日前まで使われていた箸には
ふるさとの山はありがたきかな
文字だけが　欠けることなく
手から離せない
硬直ははじまっていた

III

わたしを知っていながらわたしの知らないひとたちが
食卓に並ぶ死体を食べて自分の肉体にした
食べ残しがそのひとたちをそれぞれの穴へ運んだ

笊に割り箸を洗って盛る
きゅうくつなからだへ身を沈めて
内部はよそよそしいから
呼吸の間隔をあけることで鮮明になる線
まくらに頭を供える
何枚もタオルケットを重ねる
醒めることを拒むこと
トマトや胡瓜
引きあげた静脈が
壁際でしろく入りまじり
ひかりになるまで
会話　ひと　昨日　国　ことば

書きとめきれない距離や速さ
執拗にノックされるわたしの芯
合理的な世界は合理性という夢に陶酔し
人間と自己との関係を絶とうとしている
その最後の時刻が今なのではないか
最後の時間に対する覚醒のとき
人間がもはや時間を担わなくなるとき
どうしようもなくわたしは陶酔に挫折する
ドアをだれかが叩く

Ⅳ

私は花柳界でうまれ育ちました　幼少期の遊び仲間はゲイボーイ　風呂屋のお姉さんだったり　お付き合いいただいた数百人の女性の恨み辛みが今も私の体内に巣食っています　しばしば理由もなく嗚咽することがあります　亡くなった女たちが私の皮ふに沁みだしてきたときです
花電車　ゆで卵をひっこめ　のぞかせ　バナナを括約筋でちょん切り貨幣を指定された枚数だけちゃりんちゃりんと　太い筆を咥えてある文字を書く　なかにはビール瓶の栓を抜くという猛者もいて　あなたがたの内側はやすむことなく泣いていました　浮き世風呂で　あなたがたは齢五十を超えていました　そこへ地方から少女を抱えたトルコ風呂が進

出してきたのです　男はトルコ風呂に列をなし　浮き世風呂は閑古鳥が飛び交いました　それからです　私が故郷を去ったのは

私はあなたがたしか知りません　貧しい農家から口減らしで売られて来た　女衒に連れられて　十三歳になれば　穴としてデビューするしかなかった　あなたがたは機会すら与えられなかった恋愛に憧憬を抱きながら死んでいきました　平均年齢は二十五歳　二十歳になれば　死ぬ前の栄誉職花魁の号が捧げられました　梅毒に罹患して第二期もしくは潜伏期　それと栄養失調のふたつがあなたがたの死因のすべてです　私はいつもあなたがたに恋をしていました　果たせなかったあなたがたの夢にたとえ嘘でもよいから寄り添うのが私の責任と思いつづけてきたのです生家が妓楼を営んでいたことへのせめてもの罪滅ぼしだと思ったのです

不特定多数の男と致すときはかならず私がそばにいます　私はあなたを
所有したいし　傍らにいたいのです　相手の男根に私のそれを添えて一
緒にあなたを穢したいのです　不特定多数の男根が射精するとき　その
迸りのなかに私の精液をそっと忍ばせたいのです
その男たちに見えないように　そっとあなたを抱きしめていたいのです

V

湯船につかるだけ
人間にちかづく　夜
声に出したものとすれちがう

息　書いたものと浮かぶ波間を変えて
器官が増えてゆく
湯気に視界は遮られ
放心している間にも
だれかが
ことばをレンタルする
あるいは
自動生成で書かれた物語の
懐かしさで
あたたまっている

その記憶は疑える

反響する鼻歌も
落ちると知っていながら
黙殺された転落
おおきなアザだって
乗り換えたり
捨てたりすることが
何か言ったの
に応答するのと
おなじくらい
なんでもない

煙草をはさんだ指先

火をおおう手の甲に
かさねた掌の媚態
ウイスキーに搾られたかぼす
種はしずむから取らない
どの生にも混ざることがなく
理屈としては平等
煙と共に吐き出した答え
「あんたは上向いて木目でも数えていたらいい
　いまはあたしのすきにする」

——生まれた時から
ひとのぬくもりって自分より

圧倒的に物だったって思います

他人の人生のはなしはボーッとする
だから　だれが横にいても
わたしがころしたようなもの、だとか
ぜったいに言われたくない

「あのひと　まだ生きているの」
濡れた髪を乾かしながら
検索する
いしきがなくても
ここでならかなう　夢があって

ほかでは　ちがう
そんな都市伝説の
売りあげをあげて
寝て
起きて
しごと以外
集まってくるのは

「わたしは酔いに任せて生きている訳ではなく
いまこそ何事もこなさなければならないのです」

Ⅵ

コウハ　ツ　ジンルルイイ　ツ　ハ　ツ
ジン　ル　ジン　　ルル　コココ　ウ
ジンルルルルルル　ハ　ツ　ジンルルルルルル

留守録のメッセージ　拝聴しました　伝達していただいてありがとうございます　そしてすみません　かけなおしていただいたのに　疲れて眠っていました
内容について　さまざまの強い言葉　ほかのことがらに関してもですがあらためて距離がなくなってきているという感覚があり　わたくしはこ

の二者関係間でしか通じない物言いを避けて強めに社会的な言葉を発しました
あなたの言葉にならない　していない感情を　無理に名指そうとしたことについて　これも意識的なことでした　感情のいちいちをそのたびかたどれば　それは内密な対話になります　わたくしたちの大方の対話がそうであるように　そこにはほかのものには名指しえぬ独異性がありますそれは友人　夫婦　敵と名指されるものであれ　同じことです　しかし　一日の通話の上では行為を問題にしました　この関係性も　同時に社会的なものでもあるのです　そこで　わたくしは不定形の感情を先んじて暴力的に名指しました　その内容がたしかなものかどうかはわたくしにはわからないわけです　当然ながら気持ちのような複雑なものを形象化するには足りません　あなたにはすぐさまでも時間をかけてでも

それを否定する権利がありました　また　それはしなければならないことでした　その選択肢自体が暴力的なものです

このかりそめの過程がなければつながりに法は生じません　法はたえず崩れさるものだと思いますが　崩れさるまでは維持されるべき指針です

名指しえない感情　わたくしは自分のものとして　それを所有していますし　言葉に脅かされやすいものであることも感じています　できればそっとしておくか　丁寧にかたどりたい　しかし　あなた自身　感情の起伏が激しいという自覚をお持ちですし　わたくしは他者として　それに呑み込まれてはなりません　感情がここちよい親愛に満ちたものであってさえ　他者から見ると　言葉ではなく　行為の上ではいわゆる恋愛からくるそれと見分けがつかない重さがあるのです

あなたがしないでほしいと言ったことは忘れません　それどころか　そ

れはわたくしの他者に対する指針でもあります　もとより折りたくもないものを折ってあの日は刺しました　あなたはわたくしの気配の違いに気づかれましたが　どのような形でも痛ませる覚悟をしていたからです意識的にしている以上許しは乞えませんが　もちろん　こんなのは繰り返したくないです

「わたしは人間の形をしているだけだ」
「混ざらない個体」
「分割されたたくさんの観念がひとつの人格のようにふるまっている」
「せいしんは彼方で　さみしそうにしている」
「ヒ　トトがつまんでもちあげると　彼女はぼくに」
「何度目かのさむさをこらえて、しびれて感覚なく渡ろうと踏むあしうらの箸に」
るゆら　まびゅえな　たひらよて　ぃあ
ききみの　きょうふふふふふ
えれ　攫い　きりゅを
きりゅう　仕事中は　ゔぇを

ずはーにか　さあ　ぁらい
つぁらい　しししないで　ほほほしぃぃ
今度友人を連れてくる　ずぃん
ランドセルを背負って　学校まで通った道　パルコもとうきゅうもなに

も変わらない　のに　逃げてきたってまた別の波にさらわれるんだよね　助かりたい気持ちと相手のあーだこーだにいちいち反応したり科をつくったり　それこそ首って鬱血を維持する装置だったんだって妙に納得　じぶんはそういう種類の玩具ですっていう演技をするわけだよ　でそのひとのところに電話番と発送のアルバイトで入って　たとえばサプリメントの会社なんだけど　事務所兼自宅でオートロックとか　抜け出すのはまず無理　それに勤務中そのひととふたりしかいなくてしかも捕まったことのあるひとだと予め聞いていたから　抵抗より徹底された受容の方がまだ生存の可能性があるなとふつう判断するでしょ　死んだ両親の仏壇が入ったオーデコロンのにおいのするクローゼットに向かって五年ぶりだよおやじ　おふくろ　とか　こーいう状態の時でもこみあげる笑いが声として変換されると　買ったばかりの下着を破られようが痛

かろうが　きちんとそれなりにセイテキタイショウですってお芝居をしていて　だってこんなことで死にたくない　へえ　メイヨやチイもそれなりにあるのに　俺は二百歳まで生きる　証明している論文だってあるんだぞ　言っていながら死んだら葬式　寺はいやだな　華々しいのがいい　みんな涙をながして棺にすがりついて　いつまでも追ってくる　覆いかぶさりながら耳もとでそう囁かれて　ざぷん　体温がガクッて下がっていて　セキニンとか　開発してるサプリメントの名まえで使えばって感じで埃っぽい　衣類の脱ぎ捨てられたなかで満足されて　二時間半ちかく一緒に恋愛映画観ろって　その間ずっとじぶんのお腹殴ってたけどね　あーひとりだわって　バイバイ　もうないプレハブ校舎　一週間後に解雇

こここここ　こーいう
かか　かぞくがいるるる
るるるるる　るゆら　まびゅえな
行為の理由づけ　あ
つぁらい　つぁら　いさぁらい
五年ぶりだよおやじぃぃぃ　じゆううう
ゆら　まびゅえな　たひらよて　いいい

Ⅶ

ぱ

ドアを開けたら　からだじゅうに

だれもいない
うしろで箸が音を立てる
耳を寄せ　しばし揺らいで
石にぶつかり川床をけずりながら蛇行する
無記名の波形
わきみずに混入する権利を
ふりかざすことなく

ミュート・ディスタンス

滝を見あげるあいだは障りが与えられる
温泉街　行く先々で背ぼねが撚れて
掬えるほどの不安定さを反芻しながら

これからどうするの
もう少し行けば川
きみは器でも特殊な器なんだ　生贄なんだよ
ひろえないタクシー

おろすうでを通る翳が鎖骨へよぎり
どこかで暮れた水しぶき
魚がいるね
動きすぎてからだが見えない

重たい結び目を抱えて
あの日　部屋へ持ち帰った
すぐ洗面台の水を空っぽにする
葉にはもう土がない
枝になっても立派だよ
生きていることもくるしいかもしれない
だから事実にほどかれ足がふるえる

血流で聴こえにくい耳
俵のようにころがって
手をあてる その片うでが
どうして みんな置いてゆくのか
そのひとは口に蜂蜜を含んで高く呻く
ひらくな
喉の奥底 虹が消えてしまう

枯れる間際をふりきって来た旅だ
予めひとつのものとして名指され
分布していても　一斉に消える水流の冒頭
ミュートする内臓がまぶしい

ミュートすることで回避される
くちびるが種から孤独へ向く方向ならば
たそがれ　体幹のない色のようなそのひとの手を
握りしめることで

みずゆみずを踏むことばかり
しずんだ湯船に黙さつや好悪で曲げられる現象はあふれ
血がいきどおる頬にバラ窓があらわれる
くちづけするとシャボン玉は定まらずふくらみ
潰れても飛んでも
身につけていた名まえまで
起伏がある

《初出一覧》

・傾倒灯…『日本現代詩人会公式サイト』詩投稿第１期（２０１６年４月―６月）入選（野村喜和夫選）加筆修正
・岸…『詩客ＳＨＩＫＡＫＵ～詩歌梁山泊～』三詩型交流企画 公式サイト ２０１６年12月24日号 自由詩
・ぼくの伝達がユニバーサルデザインとなるとき…『詩誌喜和堂４号』２０１７年10月１日発行

《Special thanks》（敬称略）

貝ヶ石奈美
山崎慎一郎
月読彦

ミュート・ディスタンス

二〇一八年九月十五日　発行
著　者　川津　望
発行者　知念　明子
発行所　七　月　堂
〒一五六―〇〇四三　東京都世田谷区松原二―二六―六
電話　〇三―三三二五―五七一七
FAX　〇三―三三二五―五七三一

Printed in Japan
ISBN 978-4-87944-333-5 C0092